# 句集　うさぎの話

栗林　浩

角川書店

# 言葉の多重の光——序に代えて

以前、著者が笑いながら話してくれた。俳句の懇親パーティでよく私と間違えられるのだそうだ。やっぱりそうかと頷いてしまった。実は私も「栗林さん」と声を掛けられたことが一再ならずある。顔かたちや雰囲気がどうやら似ているらしい。鏡を覗き込んでなるほどと思った。同時に不満も残った。氏の方が十歳近く年長なのだ。まあ、氏がそれだけ若く見えるのだと無理矢理納得することにした。

今般、初めてまとまった句に目を通した。そして、顔かたちが間違えられてもいいかと思い直した。感性やひらめきが、私よりずっと瑞々しい。第一、『うさぎの話』なんて、こんな二、三十代の俳人のそれと間違えられそうなタイトル、私には付けられない。佐藤鬼房が齢八十を過ぎた晩年、句集名を『愛痛きまで』と名付けた。その迫力には、さすが及ばないが、それでも若さ十分のタイトル。しかも、俳句は初々しそうに見せかけて、実は練達の技をさりげなく駆使している。まずは冒頭の句から。

イギリスのうさぎの話灯を消して

目と耳を置いて消えたる雪うさぎ

兎の話といえば「ピーターラビット」や「不思議の国のアリス」。なんでもいいが、眠る前に小さな子供に兎の童話を聞かせている場面と読めば愛情あふれる母子が目に浮かぶ。しかし、実在する兎の話かもしれない。灯を消して話をしているのは大人同士かもしれない。イギリスの兎は食料として持ち込まれた外来種だそうだ。繁殖力が旺盛だからどんどん殖え続け、他の生態系を破壊するまでになった。そして、厄介者扱いとなり厖大な数の兎が殺される。オーストラリアでも事情は同じだった。「ラビットトーズ」というオーストラリアのラクビーチームがあるらしいが、「兎の皮剝人」という意味らしい。兎が絶えずびくびくと耳を動かしているのは殺される立場だからなのだ。灯を消してから話すには、だいぶ怖い内容になるが、そう読めないこともない。

「雪うさぎ」は雪を固めて作った兎を指す。お盆などに載せて、溶けるまでのしばしを楽しむ。そう読めば、消えた兎が残したものは、南天の実や笹の葉ということになり、ほんわかした味わいが残る。しかし「雪うさぎ」は実在の兎でもある。日本にも住んでいる。エゾユキウサギといい、北海道を中心に分布している。二円切手の意匠になった。もし、その兎だとしたなら、この句はまた別の姿を見せる。外敵から遁れるためのもっとも大切な目と耳を置いていったのであれば、行き先は黄泉ということになる。消えたのは殺されたからなのだ。そう読むとこの句もまたしだいに重い内容になる。「雪兎雪被て見えずなりにけり　鬼房」も同じようにダブルのイメージの上に成り立っている。

読みがあざとすぎるのではないかと指摘を受けるかもしれない。筆者にもともとそうした資質があるから否定はしない。しかし、栗林浩の句が、そうした読みを誘うように出来上がっているのは間違いないところだ。

先頭の蟻を知らない蟻の列

この句もそうだ。蟻が日盛りの地面を列をなして歩いているわけだが、しだいに、隊列を作った人間の姿に見えてくる。先頭が誰でどこへ向かっているのかも知らず、ひたすら進む蟻。それでも同じ巣穴という国の同胞と信じて歩く。

言うなれば俳句が騙し絵となっている。もう一句挙げる。

冷気立つずらり尾鰭のなき鮪

築地だろうか。冷凍された鮪の巨体が並んでいる。冷凍されているのだから「冷気立つ」ということだろうが、そう読んだだけで終わったなら、著者はにやりと笑ってもうこちらに顔を向けないだろう。私には、どうしてもこの「冷気」は「霊気」に読めてしまう。何度目を擦っても、ページを灯に透かして見ても「冷気」なのだが、霊気は間違いなく漂っている。人間という恐ろしい食欲に捧げられる食料と成り果ててしまった海の王者が放つ命の霊気である。

著者はすでに一家を成す俳論家として知られる。多くの著書があるが、中でも俳人や俳人に深い縁の人々を直接訪ねたり、資料を収集したりして書き継いできた『俳人探訪』シリーズ四冊と『昭和・平成を詠んで』が、その成果の中心だ。それら俳人の生き方や時代まで映し出し、優れた評論、評伝となっている。作句は磯貝碧蹄館の門を叩いて以来、二十年の俳歴がある。当初は久里枕流という俳号を用いていたと記憶している。近年、栗林浩に号が一本化された。いよいよ俳句に本腰を入れるのだと生意気にもうれしくなった。

本集には、多岐に亘って文学を渉猟してきた人らしく、俳人以外にも忌日など人名を詠み込んだ句が多い。こだわり過ぎなのだろうが、筆者は人名をさまざま詠み込むことに少なからぬ抵抗感を抱いている。虚子が優れた弔句を多く残していることとは問題が別だ。しかし、『うさぎの話』には、そうした私のつまらない先入観を一蹴する魅力的な句が目白押しに収録されている。

ホームより長い電車来修司の忌
無骨とは骨のあること鬼房忌
落しても割れないグラス久女の忌
絨緞に沈む足裏憂国忌
赤い灯に雪が貼りつく多喜二の忌

中では「憂国忌」の句。三島由紀夫が割腹自決をしたのは半世紀前である。場所は陸上自衛隊市ヶ谷駐屯地の総監室。三島の血と見分けはつかなかったが、足を踏み入れると敷かれていた赤絨緞が「ジュクッと音を立てた」と当時警視庁勤務であった佐々淳行が述懐している。この句の絨緞を踏む足は誰のものだろうか。作者だろうか、それとも国会議事堂のそれを踏む誰かだろうか。あるいはパーティに集う俳人の一人だろうか。「沈む」が三島の血を、戦争で流されたさまざまな血を、そして、今ここで生きている我々の血を想像させる。
語り口はやさしく穏やか、ときにメルヘン的、ときにユーモラスだが、鋭い批評の光が言葉の背後から多重に差し込んでくる。その光こそ栗林浩の俳句の魅力である。掉尾に紹介しきれなかった秀吟をいくつか掲げ、俳人栗林浩の遅蒔きのデビューへ贈る花束としたい。

フラミンゴの檻の中まで雪が降る
月並みのされど母校の桜かな
向うから見ても紅葉の此岸かな
行く夏のからとむらひか沖に船
広島の地べたが火照る夜の秋
アーリントンの万の墓石鳥帰る
防人の文を焚く火ぞ不知火は

四月二十三日　　　　虹洞書屋　高野ムツオ

句集　うさぎの話＊目次

装　丁　大武尚貴
カバー　CSA Images
別丁扉　THEPALMER
（ともにゲッティイメージズ）

# 句集　うさぎの話

# 一、うさぎの話

# うさぎの話

## イギリスのうさぎの話灯を消して

目と耳を置いて消えたる雪うさぎ

丸窓の死角にきつと雪うさぎ

うららかや耳掻くときは後ろ足

たつぷりと馬に塩置く立夏かな

最果ての野馬が尾を打つ青岬

花野ゆく貨車の窓から馬の頸

馬の腹くぐる遊びや鰯雲

鹿の中鹿センベイを高く持ち

鹿の恋からまつ色の睫毛して

痛むゆゑ膝折る象や秋時雨

象のゐる象舎にふくら雀かな

## 先頭の蟻

くしやくしやと蝶一斉に羽化したる

しじみ蝶羽化するたびの微震かな

校庭の隅のさびしいしじみ蝶

秋蝶の飛びたる高さほどに雪

ブータンの野の夢ばかり凍蝶は

先頭の蟻を知らない蟻の列

本願寺畳のへりを蟻戻る

ほうたるや息するたびに火が点いて
尺蠖の背伸びしてゐる行止まり

世界地図の真中日本金亀子

もう二度と蟬は通らぬ蟬の穴

ベルリンにて

蟬の穴東独逸に出てしまふ

蟬の声緩みて止まる数珠廻し

迷ひ箸のやうに蜻蛉の止まりたる

赤とんぼ膨らんでゐる時刻表

コンビニは明るすぎると雪ばんば

色鳥来

色鳥来ふつうの鳥も来てをりぬ

色鳥や定形外のはがき来る

ミシン目を少し逸れたる渡り鳥

言問うて我が船に来よ都鳥

岸暮れて暮れ残されし鴨の声

影ばかりおつうが鶴でゐるあひだ

浮寝鳥すこし離れて潜る鳰

フラミンゴの檻の中まで雪が降る

冬の鵙崩れて開かぬコルク栓

杭を翔ち魂残りゐる余寒かな

春山の梢《うれ》はむらさき鳥の旅

鳥帰るジャックナイフに指の跡

燕棲む門にはじまる中華街

眼鏡拭く夏うぐひすに耳預け

尾鰭のなき鮪

冷気立つずらり尾鰭のなき鮪

春の宵殻もて掬ふムール貝

そののちのマリアを知らずさくら貝

金魚には不思議に見ゆる鉢の外
生涯濡れてゐて金魚まばたかず

北前船に載せたる金魚加賀の酒
美ら海を故郷と思ふ金魚かな

昼の星落ちるはんざきふと動く

錆鮎やキリスト像の目が淋し

冬怒濤走り続ける回遊魚

悲しきときことば言ふらし白長須

# 鯨啼く夜間飛行の瞬きに

# 二、花のトンネル

中ほどがさびしい花のトンネルは
母国語の湿りゆらゆら糸ざくら

急流にどつと立つこゑ花の声

傘立てと杖立てのある花の寺

大町も小町も花の小糠雨

屋上の金網越しの桜かな

闇を出て闇に入る間の桜かな

千手ならどの手に受けむ飛花落花

あしあとの湖へとつづく桜かな

月並みのされど母校の桜かな

一人静集まつてゐてしづかなる

ハンカチの木の花拾ひ一枚といふ

茉莉花の川のはじめの微香かな

礼文ならみやまをだまき敦盛草

梧桐や生母はひとり祖母ふたり

アリバイは薄暮のからすうりの花

橋あれば渡りたくなる女郎花

おほかたの土偶はをんな蕎麦の花

金箔を透かせば加賀の花野かな

参道の夜店畳めば車前草

木犀の夜は六波羅のむほんめく

明治より怒つてばかり鶏頭花

能登の首のあたりが痒し曼珠沙華

向うから見ても紅葉の此岸かな

入口が妙ににぎやか紅葉山

風立てばひとへがきれい貴船菊

無言劇に台本ありぬ枇杷の花

お手植ゑの小さき松には小さき菰

口呼吸して蠟梅に逢うてゐる

石に文字刻んで立てて梅真白

トンネルの上も辛夷の咲きをらむ

鉢を目の高さに見ては菫買ふ

酔うたるは瑠璃ムスカリの花の前
二人きりなのに耳打ち小米花

花種やポケット全部裏返す

花粉とぶきれいな色の水ぐすり

# 三、長い電車

藤の花浮いたことなき升さんに

亀鳴くや漱石の指顳顬《こめかみ》に

ホームより長い電車来修司の忌

川の上に電車止まりぬ透谷忌

母の日の後に父の日その他の日

白靴のジゼルとなりて跳んでこよ

牛頭馬頭に追はるる夢を炎熱忌

炎昼の硝子の歪む斜陽館

恐竜を見上ぐる子らの首の汗

宇宙から帰還せしごと西瓜抱く

身辺になんでも置いて獺祭忌

無花果を剝くとき小指遊ばせて

かはいいが可哀想へと村芝居

十月九日目白来てゲバラの忌

台風の目のなか大きな声の人

鵙の声兄の頭に渦ふたつ

米袋開けば秋風澁谷道

波郷忌の糊の効きたる敷布かな

絨緞に沈む足裏憂国忌

眼鏡なき茂吉は寒しデスマスク

虚子旧居三間半の目貼跡

雨よりも雪の句多し宇多喜代子

無骨とは骨のあること鬼房忌

落しても割れないグラス久女の忌

群書類従壁なして着ぶくれて
新巻を提げし手をかへ手をつなぐ

父遠く時計の裏の冷たくて
ゴッホのやうな耳繃帯のラガーマン

魚のごと駅出る群れの冬の顔

目の玉の沈んでゐたる冬の水

湯ざめして禽に跫音なきごとし

冬ざれや非対称なるひとの貌

エスカレーターのベルト拭く人日脚伸ぶ

悼む　大峯あきら氏

はかりなき事でありしか冬木に芽

両手見す生涯紙を漉き来しと
乾鮭といへば六波羅蜜寺かな

ユトリロを冬がうれしといふ人と
雪女郎ハーンの厚き眼鏡かな

厨子王の背に風花ほうやれほ

縄跳びのあとはひとりの手鞠かな

赤い灯に雪が貼りつく多喜二の忌

蒸鰈きれいに解す左利き

雁風呂の釜焚きならば是非もなし
あいうえお順に呼ばれて卒業す

星みがく係りがいいと卒園す

マシュマロのやうな詩を聴く春の婚

行過ぎて電車止まりぬ兜子の忌

傘を杖に霞んで見せる古人かな

佐保山の霞を来ればみな古人
酔ふほどに古人の増ゆるさくらかな

花菜漬いまなほすこしだけ左翼

風生の風かと思ふ春の風

赤目には映らぬ人形啄木忌

# 四、からとむらひ

行く夏のからとむらひか沖に船

病名がついて安心吾亦紅

お年寄が見つかりました秋の風

海へ向け布団と老人干してある

鯨幕に天井はなし枯木星

しぐるるや前から埋まる通夜の椅子

生誕以後ずつと生前北颪

冬の雨死にゆくものの手に鏡

裏白の縮れて乾く父の家
雛も人も納めるときは仰向けに

天国は空いてゐるらしヒヤシンス

耕して天に到りて還らざる

墓碑銘にポプラの絮の飛ぶことよ

百合の白の濃すぎるほどの葬りかな

東京都老人保護区金魚居て
誰が殯《もがり》かくも螢の多き夜は

# 五、地球の重さ

プール出るときの地球の重さかな

おしまひはいつも線香花火にて

川音は郡上踊のはじめまで
下駄履けば郡上踊となる磧

センターの守備位置あたり盆やぐら
いなびかり二階静かになりにけり

運動会右の足から家を出る

手の蜜柑放る真似して放らざる

自転車に寒の空気を満たしけり

焼芋を二つに割つて敗者たり

試みに紙漉く水の重さかな

エイプリルフール脚投げ出して足寂し

野遊びの軋みて曲がる縄電車

遠足の殿はまだ議事堂に

先生の手の甲に文字水あそび

臍押して人形泣かす熱帯夜

# 六、砂利の音

八月やラヂオの中の砂利の音

鼻に入る海水痛し敗戦日

すかすかな原爆ドーム秋の風

匍匐する兵のごとくに鮭遡る

開戦日踏まるる前の白い足袋

屏風絵の雲の隙間にある戦

戦艦の錆の遠くに石蕗の花

初雀不戦七十一年目

人類とパンに臍あり恵方あり
遠くにテロ厨の蜆口開けて

とび鯊の目玉乾くや陸にテロ

地謡や遠くにテロと木菟の餓ゑ

若布干す源氏滅びし砂の上

地球儀のここに戦やここに花

あの年の梅雨は明けしや沖縄忌
船虫の楚歌に奔れる兵のごと

広島の地べたが火照る夜の秋

# 七、虹へゆく階段

海の切手

雲の峰海の切手の手紙来る

屋久島のそのまま海へ落つる瀧

短夜や海のけものの声止まず

マゼランの海の風なり髪洗ふ

トンネルの上に海あり天の川

ラ・プラタは海と呼ぶべし鳥渡る
ボスポラス海峡からの隙間風

鯨撃ち姓は遠見といひにけり

波の花赤い船底見えてゐる

けあらしや喫水深き露西亜船

冬ざれの野を行く海の見ゆるまで

北駅

パリー祭川に棄てたる鍵の数

北駅を出て朝顔のパリ青し

スメタナの祖国《くに》の焼栗温かりき

焼栗屋のとなり三ツ星レストラン
犬ふぐりここもローマに続くのか

手には石目には春愁ダヴィデ佇つ
逃水を追うてモンサンミシェルへ

ベルサイユの鏡の裏を鳥帰る

アーリントンの万の墓石鳥帰る

紫禁城時計多くて明易し

アンデスの陽を摘むごとくトマト摘む

虹へゆく階段

倭《やまと》坐りの仏の膝の四温かな

原罪を焼き払ひしか阿蘇の野火

墨東のまだ濡れてゐる春の虹

竹林の春むず痒き大和かな

斑鳩の仏のまなこ豆の花

四時閉門ぽつくり寺に豆の花

虹の脚ひだりは生駒みぎ朱雀

虹へゆく階段として朱雀門

山の辺の四方に神々河鹿笛

烏丸で降りて買うたる鱧の皮

淋代へ転がつて行く夏帽子

星降るや山のホテルを濡らしつつ

人買の消えて花背《はなせ》の乱れ萩

北限の花野を無蓋列車行く

トンネルの横にトンネル葛の山

曼珠沙華海賊船に時刻表

月光菩薩の右半身の冷えてをり

時雨るるや暗闇坂に大使館

氷柱さへ太らぬ風の宗谷かな

# 八、夜長のダージリン

夜長のダージリン

蜂蜜は凍てしまままなり木の根明く

詩に耽けていつしか魚は氷に上る

左右脳の結界として春障子

くちびるといふ春愁の出口かな

雛飾むかうて右に左大臣

銅鏡はいつも裏みせ鳥曇

追越せぬものに逃水わが言語

春月に星の竝べば腥《なまぐさ》し

脱ぎ捨てて脱藩のごと蛇の衣

絆《ほだ》されて粽の紐の長きこと

両国やよろけ縞てふ浴衣着て

木と紙の家に三和土の涼しけれ

そら豆のきれいに空をとぶ日かな

目瞑ればば登るがごとき男瀧かな

切れ味の鋭さうなる水着かな

白南風をコインロッカーから出してやる

山向かうに西日ごろごろ溜まりをり

昼も星落ちると思ふハンモック

昔からバナナ曲がつてゐて平和

無月かな開けて鳴らざるオルゴール

名月のあふれてをりぬみだれ籠

名月や大根おろしのやうな雲

知らぬ児に色葉一枚貰ひけり

柿食うて素面に戻る途中なり

氷室守終へて嵯峨野の紅葉守

秋の空赤子の声の新しく
竹の春さびしき湾が全部見え

秋灯かきつねの婚か野辺あかり
ギザギザの自己証明として刈田

防人の文を焚く火ぞ不知火は

砂時計反へし夜長のダージリン

晩秋の水あるところ火を焚きぬ

南瓜に灯点りて酒場動き出す

アイロンのシャツの温みや冬隣

口切の小布施の栗の茶巾かな

隙間なきほどの荒星瞬ける

釘を打つ

大根を吊るだけと言ひ釘を打つ

時計売場の時刻の揃ふ十二月
ミルクティ淹れて始まる冬物語

煮凝や天井裏を走る音

鰭酒や栃木の雨の話など

枯葎ファスナー噛んでしまひけり

冬木立ごとりごとりと硫酸車

湖凍る音だと言ひて灯り消す

川のない橋の上なりよく凍る

額に享く銀器の水も寒の水

短日の自動ピアノの前に椅子

砂糖大根《ビーツ》貨車蒸気吐きつつ冬に突つ込む

泥つきの砂糖大根雪が降る

かまくら

二円切手たくさん貼れば雪がくる

十能の熾火の匂ひ雪くるか

雪もよひ如来は軽衣にておはす

化野の石の幼なに雪ふうはり
積んでゐない積木のやうな雪の街

雪をんな雨の降る夜は雨をんな
かまくらを出て知る星の高さかな

雪しまき魚に瞼のなかりけり

人間のいのちに目方しづり雪

透明な傘に降りつむ名残雪
終りなきエンドロールや遠雪崩

腕なき抱擁の像ぼたん雪

この先は雪だと言うて干鱈割く

句集　うさぎの話　畢

# あとがき

俳句を始めてから約二十年間の数多くの作品の選句を、ご多忙の高野ムツオ先生にお願いし、二百九十五句に絞って戴き、序文まで戴くことができました。望外の喜びであり、厚くお礼申し上げます。

句集を編むために、多くの句を削除し、かつ、一句一句を研ぎ上げることは、酒米を削りに削って大吟醸を造る営為に喩えられましょうが、私の場合は、まだまだ雑味が残ってあろうかと思っております。

俳句を広く勉強する意図で、あえて多くの句会に出席させて戴きました。傾向が違っても佳句や好句が沢山あることを知りました。そのせいで、自分の独自の句柄を完成させていないような気がします。しかし、どれも私の作品であります。節操のなさを、どうぞご寛恕ください。

句集名は、湖水地方の旅の記憶からなった冒頭の句〈イギリスのうさぎの話灯を消して〉に因みました。

ご縁を戴いて来た各句会の皆様の日頃のご厚誼に感謝致しております。さらに「街」の今井聖主宰、「円錐」の澤好摩代表、「遊牧」の塩野谷仁代表からは、栞文を戴くことができました。衷心よりお礼申し上げます。

また句集の形をこのように纏め上げて戴いた角川文化振興財団『俳句』編集部の皆様に、こころからのお礼を申し上げます。

平成三十一年四月吉日

栗林　浩

## 著者略歴

栗林　浩（くりばやし・ひろし）
昭和13年　北海道生まれ
平成10年　俳句を書き始め、12年に「握手」（磯貝碧蹄館主宰）に参加
平成17年　第7回俳句界評論賞受賞
現在、俳句評論を書くため、多くの句会に出席し、学習させて戴いている
「円錐」（澤好摩代表）、「遊牧」（塩野谷仁代表）、「街」（今井聖主宰）、および
「小熊座」（高野ムツオ主宰）の各結社の同人
現代俳句協会会員、公益社団法人俳人協会会員

### 主な著作

『続々俳人探訪』　平成23年8月　文學の森刊行
『俳句とは何か』　平成26年2月　ＫＡＤＯＫＡＷＡ刊行
『新俳人探訪』　平成26年9月　文學の森刊行
『昭和・平成を詠んで』　平成29年9月　書肆アルス刊行

住所　〒二四二―〇〇〇二　神奈川県大和市つきみ野七―十八―十一
ht-kurib@jcom.home.ne.jp

句集　うさぎの話　うさぎのはなし

初版発行　2019年6月15日

著　者　栗林　浩
発行者　宍戸健司
発　行　公益財団法人　角川文化振興財団
〒102-0071　東京都千代田区富士見1-12-15
電話 03-5215-7819
http://www.kadokawa-zaidan.or.jp/
発　売　株式会社　KADOKAWA
〒102-8177　東京都千代田区富士見2-13-3
電話 0570-002-301（カスタマーサポート・ナビダイヤル）
受付時間　11時～13時 / 14時～17時（土日祝日を除く）
https://www.kadokawa.co.jp/
印刷製本　中央精版印刷株式会社

 ISBN978-4-04-884265-5 C0092